LOCUS

LOCUS

LOCUS

LOCUS

catch

catch your eyes ; catch your heart ; catch your mind……

雪貓在巴黎　權潤珠/寫·繪

Catch 121

雪貓在巴黎

寫·繪：權潤珠
譯者：蕭素菁
封面題字：廖立文　中文手寫字：楊郁慧
責任編輯：韓秀玫、繆沛倫　美術編輯：何萍萍
法律顧問：全理法律事務所董安丹律師
出版者：大塊文化出版股份有限公司
台北市105南京東路四段25號11樓
讀者服務專線：0800-006689
TEL：(02)87123898　　FAX：(02) 87123897
郵撥帳號：18955675　戶名：大塊文化出版股份有限公司
e-mail：locus@locuspublishing.com　www.locuspublishing.com

行政院新聞局局版北市業字第706號
版權所有 翻印必究
總經銷：大和書報圖書股份有限公司
　地址：台北縣五股工業區五工五路2號
　TEL：(02) 89902588 (代表號)　　FAX：(02) 22901658
初版一刷：2006年10月
　定價：新台幣260元

ISBN：978-986-7059-47-5
Printed in Taiwan

SNOWCAT IN PARIS

從來到巴黎的第一天開始，我就坐錯了地鐵。

感冒還沒有好，加上身體疲倦，所以顯得無精打采。

地鐵車廂進來了幾名樂手。

嗯，
這裡就是巴黎啊。

27.1.2003.

Centre Pompidou

適合一個人間逛的「龐畢度中心」。

　這裡可以參觀展覽、藝術書籍專門店，和流行設計的商品。還有充滿活力的四周、圖書館，以及從高處俯瞰的巴黎全景，加上可以坐著打發時間的咖啡館。

　在巴黎停留的這幾個月，這個地方成了我日常生活的一部分。

centre Pompidou 廣場

place Igor Stravinsky

CAFÉ BEAUBOURG

Paul klee
"Rhythm is chess"

我在這裡看到一幅克利的圖畫，和我的圍巾很像，早就想要和它合影留念。
而今天終於戴著圍巾，合照成功。

← 我決定從現在開始，要把它叫做
「克利圍巾」。

"Just Donuts"
Frank Scurti

「看看你，已經白天了，
快起床。」

不要啦，
現在才
六點而已。

"N.Y., 06：00 A.M."
Frank Scurti

好喜歡這個房間，
牆上有甜甜圈路，地板上還有罐頭床。

聽說莫迪里亞尼
畫的人，脖子都是
這麼長。

啊，我的
脖子。

約瑟夫·鮑伊斯
(Joseph Beuys)的鋼琴

四周全是畢卡索。

Natalie S. Gontcharova
"Les Lutteurs"
摔角

Alexander Calder - wire sculpture.
"Le Lanceur de poids"

Centre Pompidou
Café.

從龐畢度中心裡的咖啡館，可以俯視一樓的廣場，
　這裡是我在巴黎最喜歡的地方之一。
　你可以在樓下書店買本書，然後坐在這裡閱讀；
　也可以看著來往的人群，打發時間。
　這是很適合一個人來的咖啡館。
　這裡的生意很好，人多的時候，我還曾經和其他客人併桌。

（這裡是自助式的）

後來我都選擇客人少的時間去。
現在回想起來，好像沒有其他咖啡館像這一家這麼常去的。
我總是不知不覺就會來到這裡。

　離開巴黎的前一天，我選擇幾個地方作最後的巡禮，
　當然也包括這家咖啡館。

　一坐高腳椅雖然有些不方便，但坐在上面往下看時，
　這種吧台椅卻讓人有種自得其樂的感覺。

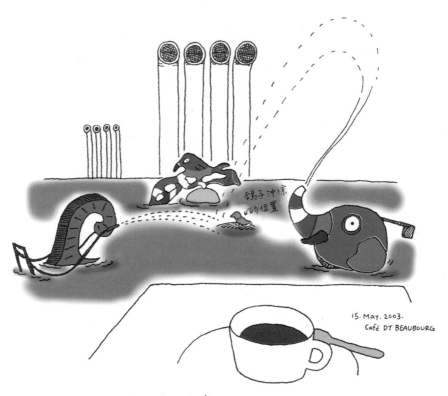

鴿子沖涼
的位置

15. May. 2003.
Café DT BEAUBOURG

Place Igor Stravinsky
— 位於龐畢度中心旁邊，Niki 和 Tinguely 噴泉前的咖啡館。

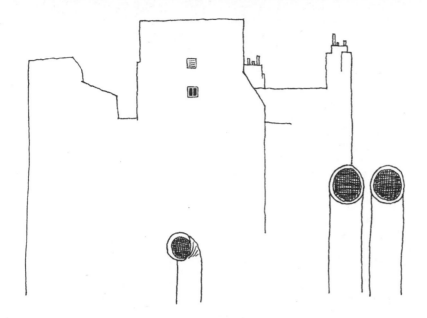

咖啡館對面。

...

小姐?

?

你是鳥。

狗主人
↓

汪！汪！

哈哈　　　呵呵　　　哇哈哈

天氣開始暖和了。我常會坐在噴泉旁的咖啡館露天座位。
每當噴泉冒出時，就會看到許多有趣的景象。
曾經有一次，一隻狗不斷追逐飛濺的水柱有三、四十分鐘之久，
我那時也足足笑了三、四十分鐘……

龐畢度 Niki 噴泉的小插曲

在旁邊空地踢足球的人，把球踢到水裡去了。

哇～

—噴泉前面的咖啡館—

請便。

椅子可以借一下嗎？

小男生拿著兩張椅子交替前進，然後踩在椅子上去撿球。
周圍的人覺得他很聰明，都為他熱烈鼓掌。

CAFÉ BEAUBOURG

龐畢度中心旁邊的波布咖啡館（Café Beaubourg）
也是有名的咖啡館之一。
因為坐在露天咖啡館可以看到龐畢度附近的熱鬧景象，
所以這裡常客滿。
咖啡館內部的設計較具現代感，
如果選在人少的時間去的話，氣氛和戶外可說是完全不同
我喜歡二樓的座位勝過戶外，
尤其是那個可以看到龐畢度中心的靠窗座位。

每家咖啡館的風格不一樣。有的咖啡館適合看書，
有的則適合約朋友見面，
還有的只適合坐在那裡觀賞來往的人群。
我喜歡二樓的這個位子，這是一個可以讓人專心看書、
寫寫東西，甚至製作企畫書的好地方。

窗戶邊可以看到龐畢度中心，
如果坐在我喜歡的那個位子，
再加上一杯熱巧克力，讚。

大概是因為名氣大，所以這裡的消費也比其他地方高。
但是如果這個位子是空著的話，
就算貴一點也無所謂。

如果有人問我最喜歡巴黎哪個地區，我一定毫不猶豫地回答「馬黑」。
我喜歡的地方大都在那裡，空氣中似乎瀰漫一股與眾不同的味道。
走在流行尖端的商店和咖啡館分布在舊街道上，調合出一種特殊的風格。

Café Martini

place de Vosges

Hôtel de Sully

熊造型娃娃
Café Le Marais

許多服飾店

CULTURE 書店

St-Paul

Musée Carnavalet

Robin des Bois

服飾店 等等

café Les Philosophes

MUJI

Mariage Frères 茶館

Musée Picasso

BHV 百貨公司

Pylones 玩具迷

Hôtel de Ville
巴黎市廳

Rambuteau

Centre Pompidou

place Igor Stravinsky

Hôtel de Ville

Café Beaubroug

Forum des Halles
大型購物廣場

在地下
↑ FNAC
（大型書店＋音樂CD等）

位於馬黑區的娃娃商店
裡頭全是 熊 熊 熊

我每次去馬黑時，一定都會經過門口一次。

就是為了看這隻睡著的白熊

牠躺在展示架的一角，
每次呼吸時，肩膀和肚子都會一聳一聳地，
總會讓路過的人不自覺地停下腳步，
在那裡觀賞牠好一會兒。

我只要來到這附近，也會過來看看牠今天有沒有睡好。
但不知從什麼時候開始，我就再也沒見過這隻睡覺的白熊了。

也許是有人想好好哄牠睡，所以帶牠回家了吧。

來到巴黎之後，我找到一家最喜歡的咖啡館。
以前經過這裡時，很喜歡它牆上的壁畫，
所以對這家咖啡館印象深刻。

我找到當時所選定
最喜歡的一個位子，然後坐下來。

這家的巧克力蛋糕，淋了一層特別的醬，吃起來有種感動。

今天我只有來這個地方，但一整天都覺得很值得。

3.31.2003
於 Café Martini

現在只要到聖保羅，我就會想來這個地方。
在窗外確認這個位子沒人坐之後，我才會進來。
這個座位太完美了。
親切而有魅力的女主人
美味的巧克力蛋糕和醬汁

（如果你路過這裡，
　而且這個位子是空著的話，
　請一定要去坐這個位子看看。）

在聖保羅碰到下大雨。

雨實在下得太大了，我只好跑到距離最近的一家咖啡館，在遮陽棚下躲雨。
這場雨下了好久。

啊，對面那家麵包店，正是我常去買布藍酸奶酪的地方嘛！
原來這家咖啡館就在麵包店對面。那家總是客滿的 Les Philosophes 咖啡館。

布藍酸奶酪！
(fromage blanc)

喝完咖啡時，太陽也露臉了。
天空清澈而明亮。
其實我本來是打算要去畢卡索美術館的，
現在天氣忽然轉好，我反而猶豫了起來。

我決定再多坐一會兒。

5.26.2003.

Place des Vosges

這裡也是我常去的地方。主要是因為我都在聖保羅（St. Paul）站下車，
而這附近聚集了幾家我喜歡的咖啡館，所以逛完馬黑區後，我就會繞到這裡來。
這座拱形通道圍繞著廣場，常會有樂手在這裡演奏。
（和其他地方比起來，此地的整體演奏水準似乎更高。）
我看過播放伴唱帶獨自演唱聲樂的女子，
也看過四、五人認真拉著絃樂器，我還記得其中那名大提琴手爽朗的臉孔。
我也曾經聽到一名男子傑出的吉他獨奏，那時四周當然是擠滿了人。

對了，雨果豪華的故居也在這裡。

哇，住在
這麼好的
地方。

聖保羅的猫太街，簡直可以説是一條麵包美食街。
許多有名的猫太麵包店／三明治專賣店，全都是大排長龍。

環保用品商店

這裡所賣的東西，全部都是以再生、環保材料做成的。

CULTURE - Livres en Papier
St-Paul.

一位身分不詳的創作者，走遍全世界各大都市，所到之處就會留下
「太空入侵者磁磚拼圖」。他在巴黎，尤其在聖保羅留得特別多，

（就是這個）

多到幾乎讓我懷疑聖保羅是否就是他的出生地。

而且最有趣的是他把磁磚拼圖貼在牆壁上後，拼圖都可以和周圍的環境、
氣氛或顏色達成調合。還有更神奇的就是隱約之中，

他總是可以找到比較顯眼的地方，將拼圖貼上去。

我在巴黎停留期間發現入侵者拼圖，也因此增添了不少樂趣。

感謝這位不知名的創作者。

此刻那個人是不是又帶著拼圖在旅行，

然後偷偷地邊玩邊貼呢？

呵呵，這次就貼在這裡。

← 事前調查中

musée Picasso

參觀過龐畢度中心後，往龐畢度後方再走過去一點，就到了畢卡索美術館。
這時所經過的地方就是馬黑區的街道。我很喜歡這個行程，
這附近也是我最常逛的地方之一。

musée Picasso
可以找找看，在
Musée Picasso 對面
建築物的
入口看拼
圖板。

在巴黎的美術館當中，我特別喜歡畢卡索美術館。
在龐畢度展出的畢卡索名作雖然也不錯，但這裡展出的並非以名畫為主，
而是較偏重具巧緻與祥和感的作品。美術館本身也給人這種感覺。
尤其地下室裡柔和的燈光，讓人覺得好像進入明亮而溫暖的地窖一般。

我一來到這裡，
心情就特別好。
嗯，這是當然的。

畢卡索的照片中，
我最喜歡這張。

麵包手指

Grande Baigneuse au Livre
(Great Bather with Book)

這是畢卡索美術館中,我特別喜歡的一幅畫。

第一次看的時候,以為這個人低著頭。但是靠近一看,

才發現頭頂上有著輕描淡寫的五官。

本來低頭的那個人,應該是看不到臉的。

雖然看不到,但好像有一種不畫臉的技巧吧。

要看臉嗎?

但是仔細一看圖畫標題 ～

啊,原來這個人是在看書。

呃

苦悶的人　　　　　　其實是在看書

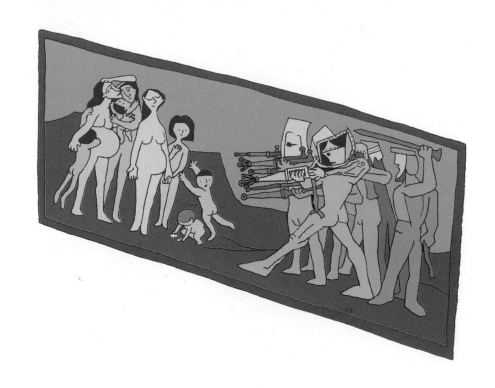

Massacre en Corée (Massacre in korea)

啊，原來這幅圖畫這麼大張。我覺得很神奇，正在專心地欣賞。

這時有一個小孩躺在圖畫前的椅子上，邊翻滾邊看著畫。

不知他是否明白，當畫冊上的畢卡索作品出現在眼前時的那種心情。

小孩雖然無心地翻來翻去，但他應該是帶著某種好奇心躺在這幅圖畫前面的吧。

Chat Saisissant
un Oiseau

(Cat Catching
a Bird)

同一個人

也可以從這個方
向看,所以一定
要繞一圈哦。

畢卡索遊戲 ①

 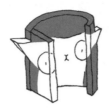 

畢卡索遊戲 ②

呼～

Head of a Bull

畢卡索遊戲 ③

這個
大概是鞋底
開口了吧！

Footballeur (Football Player)

我在聖保羅閒逛時，不小心走錯路，來到一條人跡罕至、寂靜的陌生街道。
這裡沒有公車，而且感覺似乎離市中心越來越遠，
我根本不知道這是什麼路，就只是茫然地走著，
啊，是入侵者拼圖！竟然會在這裡看到它。
陌生的街道中看到熟悉的臉孔，那種感覺，如果創作者知道了，一定會很有成就感吧？
我希望他會這麼想。

* 我站在前面突發奇想

旁邊有一座像是美術學校。我在想這個創作者以前是不是唸這所學校呢？
因為這一塊磁磚貼的地方實在太偏僻了，要是沒有什麼特別目的，
一般人是不會來到這裡的。所以我有了以下的想像。

他以前是這所美術
學校的學生。

每天都會經過這一面牆。

有一天晚上
他頑皮地貼上了磁磚。
（因為他以前是入侵者遊戲
的電玩迷。）

他開始把這件事當成興趣。

他跑遍許多地方，將磁磚貼上，
這變成了他的工作。

而且也有人開始像我一樣，
因為喜歡他的創意而成為他的迷。

在聖保羅發現一條死巷子。

我有一個疑問，
為什麼這種雕像，
都要做得這麼恐怖呢？

咻
咻～

哈哈

難道不能稍微
笑一下嗎？

哈哈哈
嘻嘻
嘖嘖

還是恐怖點比
較好……

St-Paul. PARIS.

又看到這間綠色商店了。
哼，原來我又繞回來了……

LE MARAIS.
St-Paul.

坐公車經過時看到的乞丐。

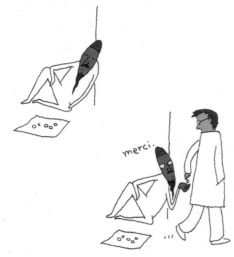

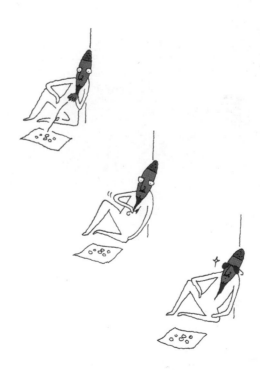

Hôtel de Ville. Paris. Winter.

冬天·巴黎市廳前

晚上要回宿舍時，我大多會在巴黎市廳前搭地鐵。
因為市廳前面的廣場建了一座溜冰場，
所以我也常會繞過去那裡看一下。
只要看到因燈光映照、如冰雪般發光閃亮的市廳，
以及冰上盡情歡樂的人群，我心中也會忍不住雀躍。
在冬令時分，我以這種方式來為這一整天畫下句點。
有一次聽到對面傳來了麥可傑克森的「比利珍」，我加快腳步跑過去看，
看到大家因為聽到熟悉的歌曲，而顯得特別興奮，連一旁圍觀的人也是。
我從來沒有像那天一樣，那麼喜歡比利珍這首歌。
即使是在天氣暖和、溜冰場融化之後；或者即使是現在，
我對巴黎市廳的印象，都一直停留在那個畫面。

地鐵裡有一名樂師，
正在演奏 "Over the Rainbow"，
技巧還不太熟練，
大概是剛開始沒多久吧。
我一邊想着，
心中不知不覺也開始哼起了這首歌。
Over the Rainbow ～

今天又是
走在陌生的街道上。
不知道為什麼,
我總覺得這條路以前好像有走過。
或許轉過前面那個彎,
就會突然出現熟悉的街景。
也有可能龐畢度的螢幕,
就聳立在這些建築物的上方。
如果真是這樣,那我會很開心的。

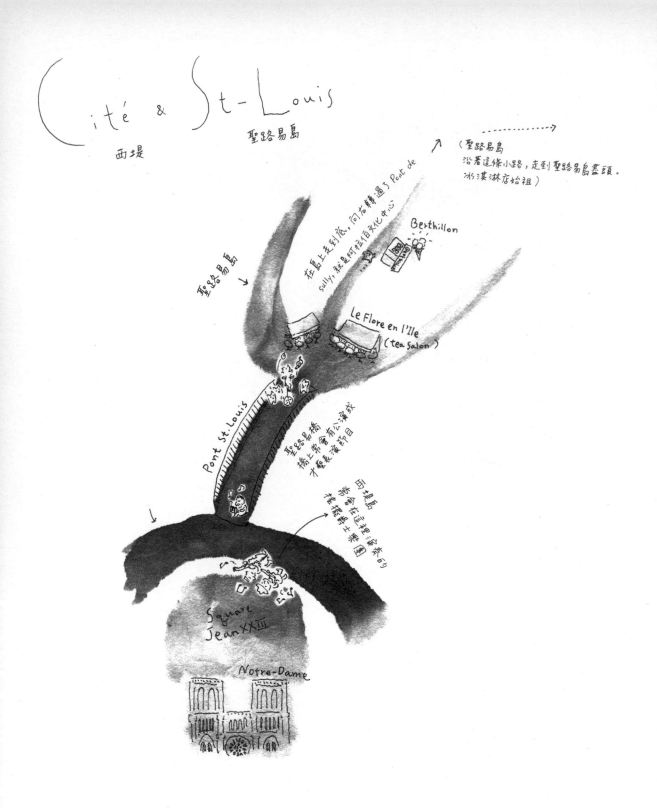

Cité & St-Louis

西堤　　　　　聖路易島

（聖路易島
沿著這條小路，走到聖路易島盡頭。
冰淇淋店始祖）

Berthillon

在島上走到底，向右轉過了 Pont de
Sully, 就是阿拉伯文化中心

聖路易島 ↓

Le Flore en l'Ile
(tea salon)

Pont St. Louis

聖路易橋
橋上常會有公演或
才藝表演節目

因士堤島
這裡的塞納河岸
格外迷人，有船出租

Square
Jean XXIII

Notre-Dame

在聖母院後方的 Square Jean ⅩⅩⅢ
—— 這裡和觀光客絡繹不絕的聖母院前廣場不同，它是一座寧靜的庭院。

我曾經有一次
坐在這裡
看著日落

這個叫做
「雪酪」(Sorbet)
（雪酪就是 Sherbet）

可以買兩球，或是三球。
它有多種口味，
我推薦的是梨子口味！

我最常吃的就是
梨子口味。

從聖母院所在的西堤島過一座小橋，就會看到另一座小島。

邊走邊看著路邊的商店，不知不覺就來到了盡頭的聖路易島。

聖路易島上最有名的就是歷史悠久的冰淇淋店始祖 Berthillon（貝狄雍）。

這條路幾乎可以稱為冰淇淋之街。

除了貝狄雍之外，到處都看得到冰淇淋店。

也有像這種義大利
冰淇淋的連鎖店。→

這裡的冰淇淋也很好吃。
在聖傑曼熱鬧的街道上，
也有 Rue de Buci。
（後文會再提到）

或許是因為這樣，這裡的每一家商店

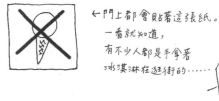

←門上都會貼著這張紙。
一看就知道，
有不少人都是手拿著
冰淇淋在逛街的……

每當我想吃冰淇淋時，我就會來到這裡，

有時一邊吃著雪酪，一邊看著橋上的表演；

有時則會站在橋上，盡情地看著河岸對面美麗的巴黎市廳。

天氣真好。

今天要去哪裡呢？先出門再說吧。

好久沒去
聖路易島了。

應該去吃一下
聖路易島上的雪酪！

哇！每家冰淇淋店前面
都排了好長的隊伍！

嗯⋯冬天實在是不需要排隊的。

舔

（總之，那時候好冷⋯⋯）

在與聖路易 島連接的那座橋上，
看了場街頭表演。

其實那個人本身比表演內容還更有趣。

—— 剛開始重心不穩，
所以才滑到那裡去。

常在聖母院後面一帶表演的
搖擺爵士樂團正在演奏。

旁邊
有兩個小孩
配合著音樂
跳起了舞。

好開心

←呵呵！
我喜歡這種料糖！
太棒了！

怎麼 ↗
端出這麼多糖……

←觀光客心理

我聽說這家茶館很有名，所以來這裡。

一進入聖路易島就會看到 Le Flore en l'Ile。

人家說這裡的 The rotus（te rotuis）很好喝，我點來喝看看。

或許是因為有名，所以價格比較高。

The rotus 端出來了。亮晶晶的杯盤。

口味道呢　喔！真棒！　果然好喝，還散發出一股薄荷香。

我一直加熱水，喝了好久好久。

雖然是冬天，卻連陽光都暖和起來　懶懶懶懶地

今天的下午茶，讓人感到滿足。

在茶館中度過輕鬆的冬日午後

Institut du Monde Arabe

我現在來的地方，是（阿拉伯文化中心）對面的阿拉伯茶館。

看到坐在椅墊上的人們如此悠閒，我當然不能錯過這裡。

我點了一杯茶。嗯…味道不錯。

「啊啊咿咿啊啊，喔呼喔～」的歌聲不斷播放著，

　　人們輕鬆地坐著，讓我好喜歡這裡！！

也該起來了。

啊啊啊
爬不起來。

這裡是會坐上癮的……

在地鐵車廂內，甚至還有木偶劇表演。
April. 5. 2003.

大家為什麼在排隊？

「雲呢 巴給德 西布不來的」
（請給我一條法國麵包。）
→ 常用句型

為了麵包排隊

這些人為了買剛出爐的麵包而排隊，
彼此沒有交談，不過卻都面帶微笑，
這是一起等待熱麵包時，所形成的默契吧。
啊啊，這就是剛出爐麵包讓人無法抗拒的魔力。

你好嗎？
我就是剛烤好的
法國麵包。

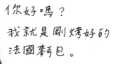

我在巴黎時，常會碰到這種突如其來的問候。

百年老書店：「莎士比亞與劇團」

從聖母院所在的西堤島往聖米歇爾方向走，過了一座橋後，路邊有家歷史悠久的書店。
雖然是在路邊，不過在這家氣氛寧靜的書店前，卻有個小型的廣場，
不少人會在廣場前的箱子裡，挑選那些標價1~2歐元的書，
也有人會坐在長條椅上，享受著這裡的氣氛。

我會喜歡這個地方，雖然是因為這家漂亮書店本身的氣氛，
但還有個更重要的原因，就是以下這段文字。
　當你爬上狹窄的階梯之後，就會在二樓的牆壁上看到它。

「不要冷漠地對待陌生人，因為他們有可能是天使所喬裝的。」
　當我看到這段文字時，我就立即喜歡上這家書店。

二樓有個擺放兒童書籍的地區，
那裡的角落有一面大鏡子，
透過鏡子可以看到人們
流連忘返的足跡。書店裡也掛了不少
以書店作為背景的畫，
可以看出有許多人很喜愛這裡。
房間一角就如上圖所畫，放了打字機和白紙，
讓人們能夠揮灑玩弄。

有一次我在晚上經過書店附近，
忽然看到廣場前的樹下放了一個紙箱子，
有需要的人，就可以把裡面喜歡的書帶走。
沒想到運氣這麼好，還可以碰到免費的贈書。

CAFÉ LE NOTRE DAME

逛完這家書店後，我一定會去另外一個地方，
那就是沿著這條路再往上走一點的 Café de Notre Dame。
和它的名字一樣，這裡是看得到聖母院的，
而它也是我非常喜歡的一家咖啡館。

←以聖母院為背景

我最喜歡的座位是咖啡館角落那張
可以對角線眺望聖母院的桌子。
桌子上隨時都會擺著紅色蠟燭、咖啡、水、素描薄和筆。
如果再加上夜間點亮的聖母院燈火，
啊，那就太完美了。

像這樣坐在這裡觀看人群，也是很有趣的⋯⋯

那個人正在用手機拍聖母院。

這裡是索邦大學前面廣場的露天咖啡館。

有一名戴著誇張金色假髮、黏了假鬍鬚的男子開始唱歌，
這不能算是正式演唱，只能說是即興地哼著歌而已。
在場的人也沒什麼特別的反應。

後來他跑去其中一桌坐了下來，
開始唱起披頭四的 "Hey Jude"。
但是歌詞卻唱得零零落落。

「啦啦啦……
Hey Jude ～」

← 不過就在唱到這一段時，
連坐在別桌的人
也都跟著一起合唱。

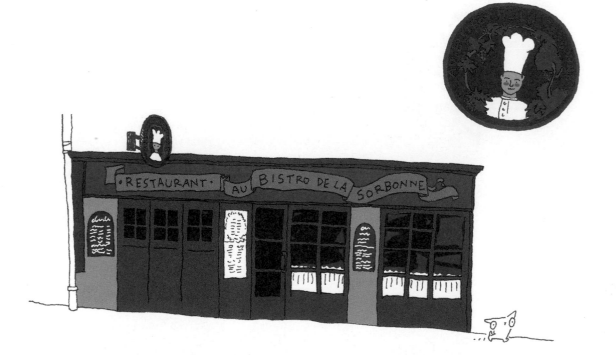

從萬神殿往盧森堡公園走下去，路上有一家 La Gueuze。

因為我時常來這一帶找朋友，而且附近有家便宜的中國餐館，

所以常會經過這條路。每次經過這家咖啡館時，我就很想進去一次看看。

因為我曾經不經意地往裡頭一瞥，竟然看到我喜歡的舊式桌椅。

旁邊也有一家 Columbus Café，店裡的餐點可以外帶，算是一間新式的咖啡專賣店，

所以有不少年輕客人。那裡的氣氛也不錯，不過還是舊式桌椅比較吸引我……

有一次我又來到萬神殿附近，

終於有機會可以進去了。

在咖啡館裡，到處都是像舊式書桌一般的木桌。

這些咖啡桌如果可以帶回家當書桌用，

不知該有多好。

> 嗯，
> 我要的
> 就是這種
> 書桌！

我去的那天沒什麼客人，所以非常安靜。

我邊喝著咖啡，邊整理這段時間所作的筆記，悠閒地度過一整天。

雖然只做了這件事，卻也讓這一天留下美好的回憶。

旅行途中即使是如此微不足道的小事，也能感受到滿滿的幸福。

Panthéon. Paris.
1. 30. 2003.
灰色的巴黎

Luxembourg

盧森堡公園

這是位於巴黎市中心的一座大公園。
與其說它是「都市中的森林」,
不如說它是一座經過人工修飾的公園。
冬天來這裡旅行的我,
只記得它是灰色的盧森堡。

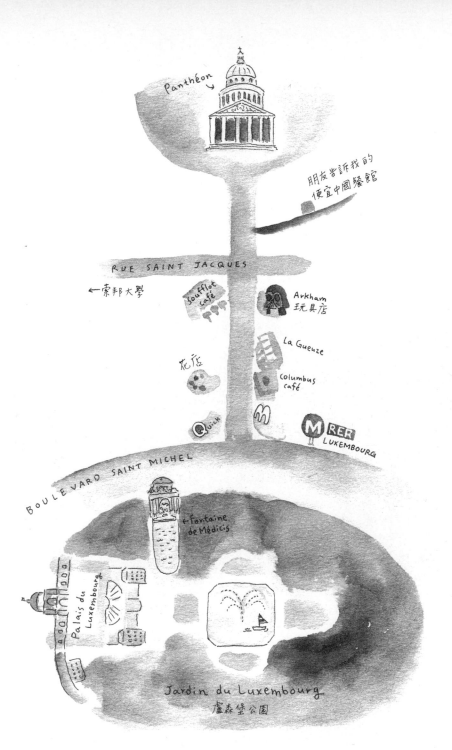

Panthéon

朋友告訴我的
便宜中國餐館

RUE SAINT JACQUES

←索邦大學

Soufflot café

Arkham
玩具店

La Gueuze

花店

Columbus café

Quick

M RER
LUXEMBOURG

BOULEVARD SAINT MICHEL

← Fontaine
de Médicis

Palais du Luxembourg

Jardin du Luxembourg
盧森堡公園

爬上階梯，突然看到雕像後面的萬神殿。感到莫名地高興。

哇，是莫迪里亞尼

盧森堡美術館裡有莫迪里亞尼的畫展。
雖然莫迪里亞尼很受歡迎，
但每次我要去看畫展時，
排隊的人潮總是多到要在這座大公園繞一圈。
我是個沒耐性、又沒時間的觀光客，
所以好幾次都在中途放棄。

因此我一直要到展覽快結束時才有機會看到。
很多人即使排兩個小時的隊也覺得無所謂，
所以這裡好的展覽從不間斷。（莫迪里亞尼結束後還有高更的畫展。）
因為不斷安排精采的展覽，
人們當然也就習慣，像這樣開心地排兩個小時的隊了。

St-Germain-des-Prés

這裡是聖傑曼一帶。
我把喜歡的地方畫成簡圖。

有許多藝術相關
書籍的大型書店
↑

巴黎具代表性的
Café de Flore
花神咖啡

咖啡館二
Les Deux Magots
雙叟咖啡

Café de Flore
CAFÉ DE FLORE

Les Deux Magots

教會前面的廣場
常有樂手在這裡演

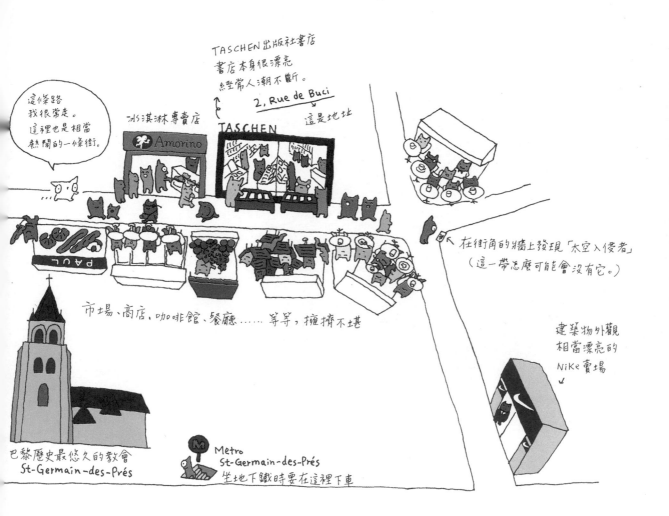

這條路
我很常走。
這裡也是相當
熱鬧的一條街。

冰淇淋專賣店
Amorino

TASCHEN 出版社書店
書店本身很漂亮
經常人潮不斷。
2, Rue de Buci
這是地址

TASCHEN

在街角的牆上發現「太空入侵者」
（這一帶怎麼可能會沒有它。）

PAUL

市場、商店、咖啡館、餐廳……等等，擁擠不堪

建築物外觀
相當漂亮的
NiKe 賣場

巴黎歷史最悠久的教會
St-Germain-des-Prés

Metro
St-Germain-des-Prés
坐地下鐵時要在這裡下車

總之…… 我就這樣來到 Café de Flore，
並且在人群中找一個位子坐下來。
我帶了一本在附近 TASCHEN 書店所買的高第書籍，當我開始翻閱時，
一位像是經理的人看了包裝紙袋後，對我說

原來是在那邊的
TASCHEN書店
買的！

他說…… 他應該是這麼說的吧。

他總是一邊走來走去，一邊用心留意著客人。
但卻不會讓人感到不舒服。

觀光客不斷湧進，而且可能因為名氣大，
東西也比較貴，但是這裡美味又親切，最重要的是氣氛相當好。
它比想像中素雅，很適合在這裡久生，輕鬆地打發時間。
在它出名以前，應該是老顧客們常會光顧的地方。
但現在價格昂貴，再加上人潮不斷的觀光客， →
我想老顧客們，心裡一定有些遺憾吧。

雖然這種想法
在我去亞瑪麗耶咖啡館時
也曾浮現過……

不管是哪裡，只要一出名
就一定會變成這樣。

Café de Flore

反正，因為有名，所以價格高，人潮也跟著多，
這是理所當然的，不過畢竟是家數十年傳統的老店⋯

呼，我是
Café de Flore
的咖啡杯。

我是
水杯。

所以都會像那樣
把字打上去。

今天的咖啡館尋訪對象
是 Café de Flore。

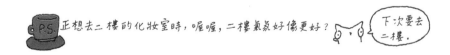

P.S 正想去二樓的化妝室時，喔喔，二樓氣氛好像更好？

下次要去
二樓。

在法國讓我印象最深刻的就是許多的 Café，以及人們的咖啡日常生活。

這張小桌子，不管你在這裡坐多久，
當你坐在這裡時，你就是這小小空間的主人，
不會受到別人的異樣眼光或干涉，
這是只屬於你的空間。

這個地方並非只是為了赴約才來的，
而是為了自己，為了活用自己的時間而來的。
所以在咖啡館裡，一個人獨自坐在那裡的情形隨時可見。
而且當這些個人聚集起來時，

便構築了某種聯繫，成為那家咖啡館的一部分。
也正是這種聯繫，形成了這家咖啡館的特色。

巴黎可說是咖啡館的國度。

Café, Café, Chat.

我現在坐在要從尼斯回巴黎的火車上，
結束為期十天的法國南部普羅旺斯之旅，正要返回巴黎。

窗外一片漆黑，
這班火車
預定在凌晨子時左右
到達巴黎。

昨天晚上，我坐在海邊，一直坐到圓潤的月亮
高掛頭頂。旁邊有人在打鼓，也有人在跳舞。
大地一片寧靜。感覺真好。

在回巴黎幾個小時的路上，
我把普羅旺斯旅途中記錄的東西
再度找出來。即使到現在，我還是繼續在寫著，
能走多遠就走多遠，
想到什麼就寫什麼。
為了要搭上午那班往巴黎去的火車，
我來到尼斯車站。本來以為平日不需要先訂位，
但我發現我錯了，往巴黎的車票已經都賣完了。
可是在尼斯住宿比其他任何地方都貴，而且我也沒有打算
要在這裡多住一晚，所以今天一定要回巴黎才行。

幸好售票所有一位
活潑又親切的女售票員，
她找到一個
晚上可以到達巴黎
的火車座位給我。
雖然不是指定座席，
但已經算很幸運了。

可是，大家
都是要回去
巴黎的。

我想回去
巴黎。

因為她的幫忙，我現在才會在往巴黎的路上。
火車上很快就有座位了，比我想像中還舒服。
這趟旅行，運氣算是很不錯。

過一會，終於到巴黎了。
原本安靜的車廂裡也開始騷動起來。

火車慢慢地駛進（里昂站），
人們都已經站在車廂走道上。啊，我也突然感到雀躍。

巴黎到了！

第一個告訴我已經到巴黎的就是地下鐵站。
即使地下鐵有異味，我還是很開心。看來我真的對巴黎產生感情了。

我看到很多手提行李、剛剛才到達的旅客。

春天到了，旅行的人也漸漸多了。

雖然時間已經很晚，但地鐵車廂還是像白天一樣熱鬧。

我很高興終於回到了巴黎。

4/17/2003

St-Paul. PARIS.

早上，沒有什麼特別的計畫。

先去了龐畢度。只要沒計畫，我就是去龐畢度

早餐是附近買的可頌和咖啡，

在龐畢度書店買一張明信片，

走過龐畢度後面的那條馬路，去聖保羅，

在麵包店買布藍酸奶酪，

去 Place des Vosges，

一群西班牙樂師，

Café Martini 最喜歡的位子，

剛剛買的布藍酸奶酪配上

香濃泡沫的熱巧克力，

開始記筆記。

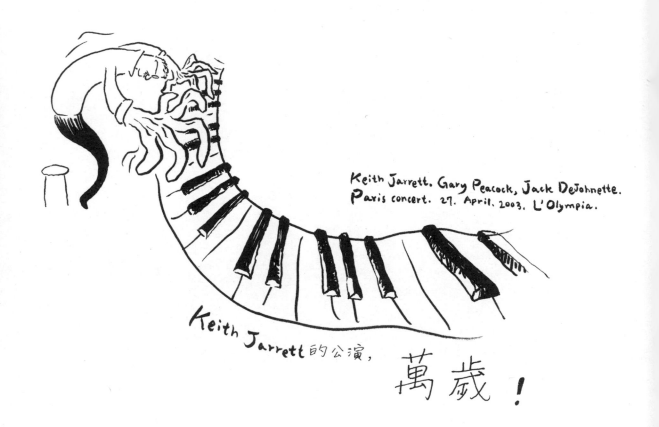

Keith Jarrett. Gary Peacock, Jack DeJohnette.
Paris concert. 27. April. 2003. L'Olympia.

Keith Jarrett 的公演，

萬歲！

4. 27. 2003.

我現在要去看凱斯傑瑞三重奏的公演。
我萬萬沒想到,能在這趟旅行中看到凱斯傑瑞。
能得知他要舉行公演,真是相當幸運的事!

(地鐵內)

我現在要去看
凱斯傑瑞喔!

在瑪德蓮(Madeleine)站下車後,我往奧林匹亞劇場的方向走去。我曾經路過這裡好幾次。
到達的時候是傍晚六點半,距離公演還有一小時,但已經有人開始在排隊了。
劇場看板閃著紅色燈光,上面寫著 Keith、Gary、Jack 的名字。

我走進劇場,裡頭鋪著紅色地毯,顯得非常雅致。
走到觀眾席打算坐下時,發現我好像是第一個入座的觀眾。
站在門口的一名收票員看了我的票根,引導我入座,
我向她說了謝謝後打算坐下,但她卻對我說
了一大段話。
本來以為她是要我好好觀賞,但因為是很長
一串話,所以我告訴她
我聽不懂,她只好作罷離去。

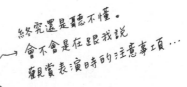

終究還是聽不懂。
會不會是在跟我說
觀賞表演時的注意事項…

坐下後觀察了一會兒,我才知道她剛才講些什麼話,原來她是在向我要小費。
因為很多人都像我一樣先坐下去,但聽完收票員的話之後,就掏出小費了。
要向每個觀眾重複那一長串話,收票員真的非常辛苦。
我突然對剛才那名收票員感到有些不好意思,
第一個客人就碰到聽不懂法語的外國人,她的運氣也真不好。

連臨時座椅也全都客滿了。劇場燈光在觀眾一致的掌聲中漸暗，只留下舞台上的燈光。

Keith Jarrett、Gary Peacock、Jack DeJohnette 上台了。
我感覺好像作夢一樣。這裡是巴黎，而他們馬上就要開始演奏！

凱斯傑瑞一坐下便開始演奏，
而且隨即進入他特有的演奏模式，「在椅子上坐不住，身體晃動、嘴裡哼唱，如入無人之境。」

Keith Jarrett 三重奏
成員們的呼吸一致，這種話對他們似乎有些多餘。
表現當然如我預期的一樣好。儘管如此，現場聽他們演奏
畢竟還是和聽CD不同，以某種角度而言，就是不同。
最重要的是可以直接看到他們陶醉於演奏中
那種愉悅的神情⋯⋯

在炫耀嗎？　對啊。

Gary
Peacock

清晰的
低音提琴演奏

他們真是活力充沛。

第一、二段的所有演奏結束，連安可曲 "When I Fall in Love" 也演奏完畢時，他們退場走進舞台後方，

觀眾都起立報以熱烈的掌聲，三重奏於是又再演奏一曲。

當最後的演奏結束時，他們再度退場，但觀眾們還是不吝惜地持續鼓掌。

三重奏團員再次出場向觀眾鞠躬，此時，觀眾們依然熱情洋溢。

演奏廳的燈光終於全部亮起。

我看著舞台上沒有主人的樂器，過了一會才起身向外走。

而走在我前面的那個女子，嘴裡正在哼著 "When I Fall in Love"。

人們還在亮著紅色霓虹看板的劇場前流連忘返,回味著心中的感動.
我也不想馬上離開。
我慢慢地往瑪德蓮站走去,夜晚的街道特別涼爽。

Pont des Arts

以木板鋪設而成的藝術橋只准以步行方式通過。這是一座有溫度的橋。
它受到許多人的喜愛，曾經拜訪過巴黎的人常會懷念這座橋。

Pont des Arts.

我在雪中不停地走著。

迎著寒冷的風雪走過藝術橋，
我走進眼前看到的這家 Tabac。
我的身體已經快凍僵，
不過咖啡馬上就會端出來了。
Feb. 1. 2003.

後來我每次走過 Tabac des Arts 時，
我就會想起那一天，冒著風雪、不知該往何處去的情景。
這個地方給我短暫的溫暖。後來我又到過這裡一次，
同時還帶著要寫給朋友的明信片。

冬天的藝術橋給人們的印象。

我喜歡來這裡散步。這是塞納河邊，可以看到藝術橋。

Pont des Arts.
😊 找找看我在哪？

悠閒的午後，在 Pont des Arts 聽到吉他聲。

March. 5. 2003.

哇，夏天到了

Pont Neuf

◈Musée du Louvre

Musée du Louvre

剛來巴黎的前幾天，我常會在外頭閒逛。
有一天晚上我跑去看羅浮宮的金字塔。
應該說是晚上吧，雖然八、九點而已，
但是因為巴黎冬天晚上天黑得比較快，所以羅浮宮廣場上
　相當安靜。
　儘管金字塔上的燈光已經熄滅，
　廣場上也只有對著小孩子輕聲細語的老奶奶，
　以及兩名穿著溜冰鞋，在廣場上滑出倒落曲線的警察，
　然而在深藍天空下，羅浮宮那天靜寂的景象
　至今仍然讓我無法忘懷。

只要一看到金字塔，我的心情就特別好。

無人的傍晚時分，我常會來到金字塔旁的噴水池坐著。
在這裡欣賞日落，感覺就像是為這一整天作個整理。
即使是在離開巴黎的前一天黃昏，我也是跑來這裡坐。
而且那天的夕陽又紅又亮，
我想那是巴黎送給我的最後一個禮物吧。

Musée d'Orsay 也是

來去看印象主義的畫！

塞尚、雷諾瓦、馬奈、莫內、竇加、高更……

這裡還可以看到梵谷。

這是梵谷的臥室。
東西雖然大多是成雙的，反而更覺寂涼。

La Meridienne (After Millet)

梵谷本人很喜歡的〈農事間暇〉(After Millet)，是氣氛相當好的一幅畫作。

Portrait of Dr. Gachet (with snowcat)

Provence. Arles. Gogh.

我這次在巴黎停留的時間比預期久，所以便計畫去普羅旺斯旅行。
主要也是想去看看梵谷的畫。
從亞維農開始，大概在普羅旺斯旅行了十多天，
其中我在梵谷住過的亞爾停留最久，感覺非常好。
來到亞爾的第一天，我就買了一張標示著梵谷畫作背景場所的地圖，
我帶著地圖到處跑，找尋著
梵谷作畫的地方。

我也曾經
坐在這家 Café。

就是這裡！

我看著圖畫，找到完全相同的畫面。

最後我要去找地圖最上方的
黃色小屋時，

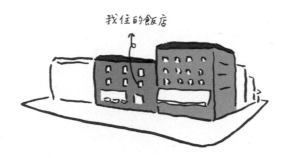 哦，這條路……

我住的飯店

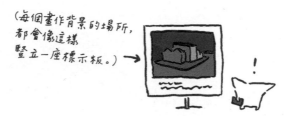

（每個畫作背景的場所，
都會像這樣
豎立一座標示板。）

我住的那家飯店不就是在那裡嗎！

梵谷住過的黃色小屋已經拆掉找不到了。
不過話說回來，只要一想到我住的那家飯店
竟然也在這座標示板裡，就感到很新奇。

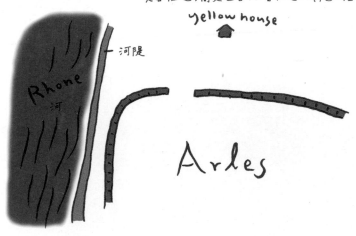

梵谷住過,高更也曾短暫住過的黃色小屋

yellow house

河隄

Rhone
河

Arles

黃色小屋就像這樣,位於亞爾城牆之外。
或許因為如此,所以我住的那家飯店,算是亞爾最便宜的飯店。
梵谷可能也是因為這樣才住那裡的吧。

旁邊就是 Starry Night over the Rhone 中的那條隆河。
梵谷曾經提著畫架和畫具,走在這條河隄上。

我在河隄上看到了被夕陽暈染成一片紅的隆河，
以及逐漸西下的太陽。
那是我對亞爾最後的印象。

走出去太可惜了。

一個小孩在雷諾瓦的畫作前滔滔不絕說著，
大概兒是在說他知道這幅畫吧。

小孩顯得相當興奮。

我在奧賽美術館逛了三個多鐘頭。後來因為太累了，
就坐在椅子上休息。然而這幾天所累積的疲倦，卻一下子湧了上來，
我聽到心中有個聲音在問，要不要在這裡小睡一下。
當然，我選擇了要睡一會。
我很滿意這個決定，於是就在惠斯特的畫作前短暫而甜美地進入夢鄉。

James McNeill Whistler.
Arrangement en gris et noir
dit La mère de l'artiste

(Arrangement in grey and black ;
Portrait of the painter's mother)

我被一些聲音吵醒。

有一個人站在我前面，正對著十幾個學生解說這幅畫。

（這裡的人說話時很像某種背景音樂，不太容易把人吵醒。）

但是當我起身時，原本背在肩上的相機竟然掉到地板上。

從照相機裡彈出來的四顆電池，正在奧賽的地板上滾動。

這一定是畫像裡老太太詛咒的結果。

 我把散落四處的電池撿起來，裝進相機再打開看看，

太好了！相機沒有問題。

老太太原諒我了。謝謝，這位藝術家的母親！

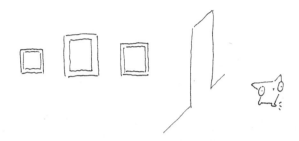

再去看一次梵谷。

（那一天，我進去梵谷展覽室三次，離開巴黎前又去一次。）

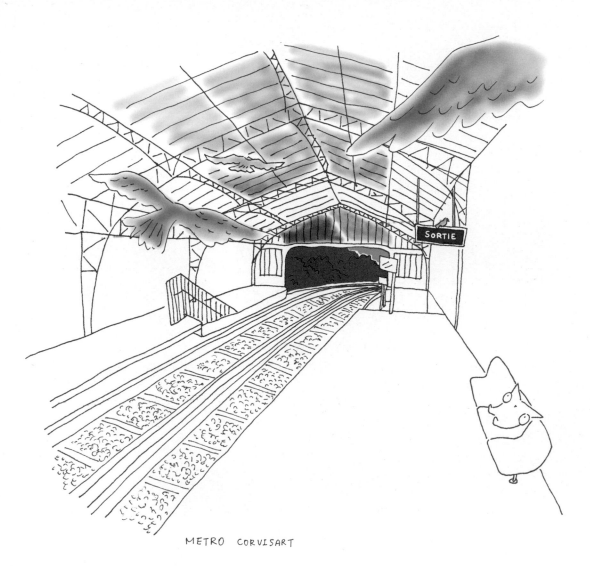

METRO CORVISART

整個五月，我都住在地鐵六號線的 Corvisart 站附近，
那裡離（義大利宮）很近，交通也方便，這一帶的街道安靜又整潔。
尤其六號地鐵大部分是在地面上跑的，所以搭乘時很有趣。
即使地鐵因罷工而誤點，但坐在漂亮的地鐵站裡等車，並不會覺得無聊。

涼爽的風，
車站裡飛來飛去的鳥兒，
草綠色的樹。

Tour Eiffel

天黑了，艾菲爾鐵塔的燈點亮了。

三月初的某個陰天，於PASSY的一座公園裡。

離開巴黎的日子越來越近，
我想在離開前，去看艾菲爾鐵塔最後一次，
於是來到可以清楚看見艾菲爾的Trocadéro瞭望台。
雖然巴黎的每個角落都可以看到艾菲爾，但我已經很久沒有
在這麼近的距離，看著夜晚燈火通明的艾菲爾鐵塔，
所以心中有種新的感受，也有幾分空虛。
現在我終於真實地感覺到我就快要離開這裡了。

我茫然地站在那裡張望，
有三個女孩走來拜託我替她們拍照。
（如果要以艾菲爾為背景來拍照，大概沒有其他地方比這裡更適合的了。）

我在巴黎時，常有機會扮演攝影師。

可能是因為我背著照相機，
又常站著發呆的關係吧。

希望我幫別人拍的照片，
洗出來都很漂亮。

此刻旁邊響起了鼓聲，人們正在跳舞。
我站在那裡，目不轉睛地望著艾菲爾鐵塔，希望能將今晚記在心底。

艾菲爾鐵塔與貓

SNOWCAT

貧窮的旅人經常會餓肚子。

總是會有一些
怎麼填都填不飽的空間。
（頭腦裡的某個角落，
　也經常被金錢和食物占據。）

所以當碰到認識的人要請吃飯時……

我也不知道
我怎麼會
變成這副德性

我剛開始也不是這樣的。
剛來巴黎的前幾天，有一次去一位留學生朋友家裡玩。

快吃吧～

←特大盤
義大利麵

特大碗泡菜

特大碗飯

朋友把整張餐桌擺得滿滿的。

大家都知道留學生的生活並不寬裕。
我知道如此豐盛的食物，顯然是特別為流浪的我準備的，
所以我也不客氣地盡情享用。可是吃完義大利麵後，
那些飯就真的吃不下了。

呵呵，
量太多嗎？

對…對不起。

那時我還不明白一個道理，就是人在異地時，是怎麼吃都吃不飽的。
（簡單地說，就是我以前沒餓過肚子。）
只要在外地生活，不管是旅人或留學生都一樣。
在那天之後沒多久，像那些份量的食物，我就可以全部吃完了。
因為流浪的，好像都是這樣。

～咕嚕咕嚕

說到這裡，我想再多提一下這位朋友。

她專攻美術，總愛把所有的東西都裝進
大背包裡，然後在學校和畫室間奔波。

儘管正忙著寫論文，但她還是樂意為我撥出時間，
告訴我許多便宜又不錯的餐廳，或是帶我去漂亮的咖啡館。
獨自在外，旅行的時間一久，偶爾就會感覺到孤寂
竟是如此地強烈！所以對這位朋友的照顧和細心，我更是充滿感謝。
現在回想起來，如果換成是我，我真的能夠做到像那位朋友
一樣嗎？我從那位朋友身上學到很多。
也感謝她為我帶來美好的回憶。

在盧森堡公園前的 café。
那晚我們一直坐到打烊時。

我靠這件外套在巴黎度過了冬天。
當春天不再適合穿時，它顯現出一種破舊，
就算沒有穿著它旅行，舊外套一樣會變得更舊，
不過穿起來卻也更舒適。
若是在國內的話，我可能會對它外表的破舊有些在意，
但是在旅行時，因為比較不用受別人眼光的拘束，
所以穿在身上覺得很自在。

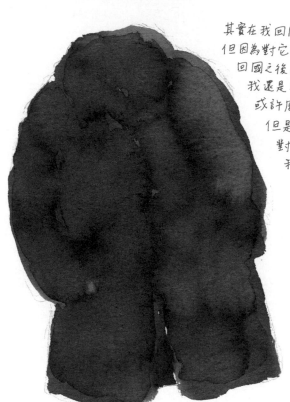

其實在我回國時，本來是打算把它丟掉的，
但因為對它有感情，終究還是捨不得丟。
回國之後，等到冬天再度來臨時，
我還是很興奮地又穿起了它。
或許周遭的人已經覺得這件衣服看得很膩，
但是一直到現在，
對於曾是旅途中最親密伙伴的這件外套，
我是已經無法捨棄的了。

Montmartre

蒙馬特

墓園

Cimetière de
Montmartre

往這個方向走的話

梵谷
住過的
房子

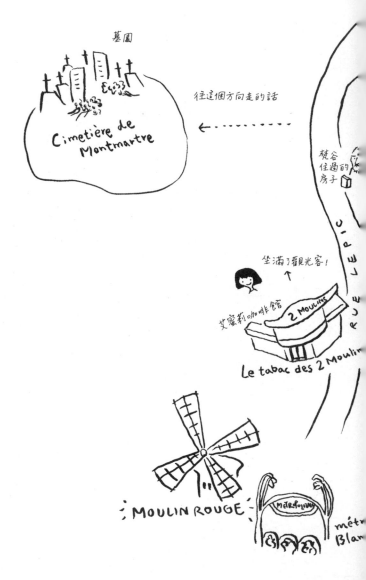

坐滿了觀光客！

艾蜜莉咖啡館

2 MOULINS

Le tabac des 2 Moulins

RUE LEPIC

MOULIN ROUGE

métro
Blan

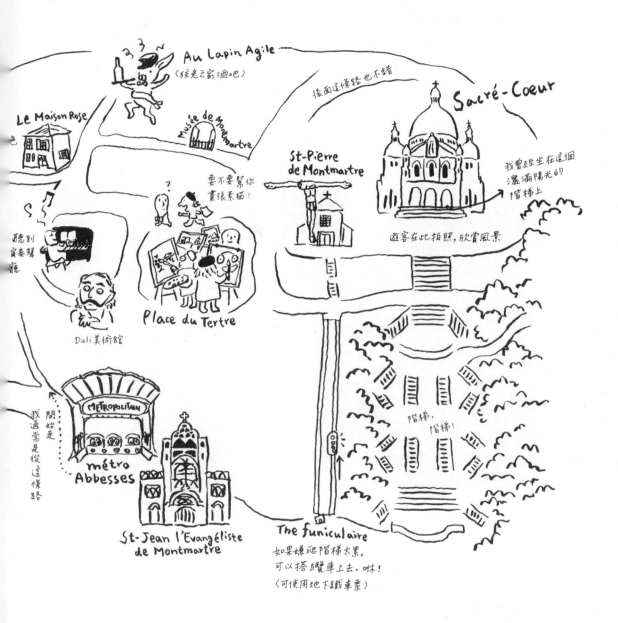

Au Lapin Agile
（狡兔之家酒吧）

Le Maison Rose
色

Musée de Montmartre

後面這條路也不告

Sacré-Coeur

St-Pierre de Montmartre

我曾經坐在這個
灑滿陽光的
階梯上

聽到賣泰華
廳

要不要幫你
畫張素描？

遊客在此拍照，欣賞風景

Place du Tertre

Dali 美術館

métro
Abbesses

METROPOLITAIN

階梯，
階梯！

開始走
我通常是從這條路

St-Jean l'Evangéliste
de Montmartre

The funiculaire
如果嫌爬階梯太累，
可以搭纜車上去，咻！
（可使用地下鐵車票）

今天風和日麗，我正在想著要去哪裡。
每個地方不管晴天或陰天，都有不同的味道。但不知為什麼，蒙馬特就不適合
所以很可惜，我通常只能選在晴朗的日子去蒙馬特。

蒙馬特是最能感受古老街道氣氛的地方之一。
當然如果你越往人潮聚集的 Place du Tertre 廣場走，
那裡許多緊鄰的相似紀念品商店，看起來就像是典型的觀光勝地。
不過只要離開那裡往周邊去的話，
你將可以感受到在蒙馬特舊街道散步的樂趣。

Le maison
Rose

這是電影《艾蜜莉的異想世界》中，艾蜜莉工作的那家咖啡館。

它位於這條擠滿人車的小路上，讓我有些意外。

走進店裡——儘管冬天是旅遊淡季，依然坐滿觀光客，而且一位難求。

我好不容易找到位子坐下，看看四周，雖是電影裡那家咖啡館沒錯，

但卻感受不到電影中的氣氛。

擺滿的桌椅和許多的觀光客。

我還一度因為只聽到中國話，而誤以為來到了中國……

經過一段時間後，客人逐漸散去，咖啡館也變安靜了。

這時我感覺艾蜜莉彷彿就在那裡擦著窗戶。

我仔細看了一下咖啡館，的確是比一般咖啡館來得特別而且漂亮。

這樣的地點和氣氛，應該是當地居民會常光顧的寧靜場所。

不過牆上貼的一大片艾蜜莉海報，已經很清楚告訴我們這裡的變化了。

如果我是這裡的老客人，應該會傾鬱悶的吧。

流浪者模式

這群外國人

Restaurant "Chez Janou"
2, Rue Roger Verlomme
75003 PARIS.

在我離開巴黎的兩天前。
這是一處我以前曾經路過,整個被藤蔓包圍、
氣氛寧靜的咖啡館露天座位。
我正在等著看五小時後的一場派特麥席尼公演。
此刻可能就是我在馬黑度過的最後一段時光。
這裡的老舊桌椅,以及有些歷史的水壺、咖啡杯等,
有一天會令我懷念的。
就像藤蔓一樣,經過一段時間便自然形成一種悠久而舒適的氣氛。
我多希望我能當這裡的常客。

Pat Metheny &
Charlie Haden
Missouri Sky
Live
in
PARIS

5. 28. 2003. Théâtre des Champs-Élysées

5月28日，派特麥席尼和查理海登舉行
Missouri Sky 公演的日子。
表演場地就在香榭麗舍附近的香榭麗舍劇場。

這裡距離黛安娜王妃
車禍死亡的地下道很近

"The Liberty Frame"

牆上
很多人寫下了追思的文字，
像是 "We'll never forget you." 等等。

呵呵，
我當然事先來看過了。

這裡就是表演場地。
看起來好像才剛蓋好沒多久，
是一棟顯眼的白色新建築。

THEATRE DES CHAMPS-ELYSEES

我是坐地鐵去劇場的，
今天的心情UP，
處於興奮狀態。

不知不覺中，
我竟然想從
快關上的門之間
穿過去。

呵呵

呼呼，知道今天是什麼日子嗎？

現在我要先來回憶一下，
當初第一次聽到這個公演消息的情景。

大約在兩個月前、三月分時，
其實我本來是打算三月就要回去的，
那天我懷著依依不捨的心情出來逛街。

因為我太專注地
看著海報，
這個人也
好奇地跟著
停下來看。

哆嗦

當時我在 聖傑曼 街角的一家小型超市門口，
很偶然地看到這張公演海報！

—— 如果那天我沒看到這張海報的話，很可能就按照預定行程
回國了。這張海報並不容易看到，除非是特地跑去像 Fnac 那種
地方找資料。所以說得知公演消息並不容易。

那天晚上，我回到宿舍
上網去找。
我連結到海報上
寫的網址去看。

在那瞬間，我幾乎停止呼吸，
而身體像石頭般僵硬。

你是要停止呼吸，
還是要變成石頭，
不會兩個之中選
一個喔？

我只是要
形容內心的
驚喜嘛！

嘿嘿嘿
呵呵呵

而且我
一大早心中就不斷掙扎，現在終於畫下句點。

兩個月
〈決定。延長居留！〉

哈哈哈！

咚

就這樣，我的巴黎行
時間延長了一倍。
我也因為這個決定而增加不少苦頭跟麻煩，
（當然最重要的還是經濟問題）
我決定把這一段內容省略……

既然如此，我便有種使命感，務必要買到一張好門票。
第二天我匆忙地跑去位於 Les Halls 的那家 Fnac。
Les Halls 是龐畢度中心附近的一處大型購物街，這裡的 Fnac
是我常去的地方。在許多家 Fnac 分店中，它算是規模相當大的。

排隊排好久，終於輪到我了。

就是這個位子。

可是，
電腦裡自動
劃出來的座位，
是離舞台中央較遠的
那個靠邊座位嗎！！

我嘆了一口氣，對他說：

我因為這場公演
把機票時間延後了。
如果可以給個好位子，
我會很感激您的。

就這樣，凱斯傑瑞和派特麥席尼兩場公演的票，
我都劃到了好座位。尤其是派特麥席尼那場，
還是在最中間，而且最前面！（＝就在眼前）

急忙　好像回想太久了。
現在超快再拉回到公演那天吧。

我來到公演場地。
買了 Missouri Sky 的
帽子之後，

我進入觀眾席。
這裡也和凱斯傑瑞公演時一樣，
座席上沒有標示號碼，而是由售票員
把你帶到你的座位。
（這一次我當然事先準備了小費。）

屋頂壁畫

香樹麗舍劇場比奧林匹亞劇場
更華麗，而且閃閃發光。
啊，真是期待。心噗通噗通地跳。

Pat 進場了。

獨自
演奏了三、四首曲子後，

換查理海登出場
進行獨奏

現在開始正式演奏 Missouri Sky 專輯裡的音樂。
演奏完幾首曲子後，查理海登

以 "I love Paris." 作為開場白，
接下來以他的一貫作風，提到了巴黎的
反戰示威。

他說要將這場公演獻給世界和平。
觀眾持續報以熱情的掌聲。
就在那時，劇場裡瀰漫著一股難以言喻的強烈氣氛。
我相信那是一種很強的共鳴正在流動。

那天演奏的壓軸曲目,
是以專輯收錄的演奏曲中,
那首聽起來內容豐富、且具實驗性質的曲子作為開始。
你很難相信,它竟是派特和查理只用吉他和低音大提琴當場演奏出來的。
這場精采的演奏持續了大約十多分鐘。
僅僅是一秒鐘,或是一個音符都讓人無法錯過。

演奏結束後,人們
給了演奏者在公演場合中觀眾所能給的
最熱烈掌聲。
甚至演奏一結束,也沒有人先喊開始,
大家就很有默契地以安可式鼓掌拍著手。

就在拍手的時候,我竟感到
臉上一陣紅熱。

還有派特和查理愉快的神情……

當查理海登獨奏時，
派特閉著眼睛
聆聽好友的演奏。

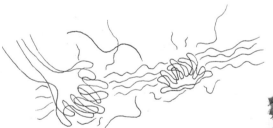

在演奏 "Blues for Pat" 時
派特靈巧的手

Pat Metheny in Paris

公演結束了。
我度過在巴黎最愉快的時光。

我走到外面,劇場旁的巷子口聚集了幾個人
正在等派特和查理出來。我當然也在等他們。
我想對他們說聲謝謝。
因為就在離開巴黎兩天前的今天,這場表演
對我來說意義相當重大,
所以我一定要對派特說聲謝謝。

派特一行人終於出現了。
正當派特為大家簽名時,
他在人群中發現了我。

SNOWCAT.

他對我說:
旅行好玩嗎?
說他在觀眾席中看到我,
還約定以後韓國見。

(他一個月前在瑞士公演時,我們也曾遇到,
我跟他說我正在旅行,原來他還記得。
大約七個月後,派特又來到韓國舉行公演。)

派特離去時,還邊走邊對我
揮了揮手,
謝謝你。

← 艾菲爾鐵塔
閃閃發光……

今天是最棒最棒最棒的一天。

離開巴黎的前幾天，我跑去搭遊覽船。

PONE NEUF

這些風景每天都看得到，我本來沒有打算要搭遊覽船，但是在離開前夕，卻想坐一次看看。

然而不知為什麼，我只是冷漠地坐在那裡。
是不是因為過幾天就要離開，所以感到憂鬱呢？
大家的視線隨著導遊的解說而一起轉動著，船上一片鬧哄哄的氣氛。
即將離開的我卻是一副茫然。

可是，
繞了半圈之後，船又駛回了新橋（Pont Neuf）下，
橋上一位獨自站在那裡的小姐，輕輕對我揮了揮手。
或許她看到我一個人漫不經心坐在那裡，
所以才特地對我揮手吧。
她揮手的動作相當輕，臉上帶著害羞的微笑。
天啊！我的心像融雪般碎了。
我也對她輕輕地揮著手，
同時我也明白了。

搭遊覽船的樂趣，就在「互相揮揮手」。

儘管有時會發生「獨自尷尬揮手」的窘態……

我也開始興奮地對每個人揮手。

對面遊覽船上有一名
看起來像韓國女生的遊客，
心情似乎也很好……

哈哈，真有趣⋯⋯

嗯，就應該要這樣。

接著我也淡淡地，卻是很多情地，
對我已經有感情的巴黎道別。

再見了，新橋；
再見了，藝術橋。

這是我在巴黎的最後一夜。

我四處閒逛欣賞夜景，然後坐地鐵回去住宿的地方。

有個手風琴樂手走進車廂。

他配合著音樂帶，演奏了幾首混聲樂曲。

我此次旅行聽到的最後一次樂手演奏，

就由披頭四的 Yesterday 作為結束。

身旁有幾個像是來觀光的乘客，開始哼起歌來。

我突然想起，第一天到巴黎時，在地下鐵聽到幾名樂手演奏的情景。

現在是巴黎的最後一夜。

1. 27. 2003 ～ 5. 30. 2003
巴黎行結束。

thanks to, 正培、南石等人，元起、洪老師、我的家人，還有我在巴黎期間，常以電子郵件提供巴黎資訊的各位，以及曾經對我這個旅人親切提供協助的所有不知名人士。

PONT DES ARTS. WINTER.

國家圖書館出版品預行編目資料

雪貓在巴黎 = Snowcat in Paris / 權潤珠圖文

. -- 初版. -- 臺北市：大塊文化, 2006[民95]

面； 公分. -- (Catch ; 121)

ISBN 978-986-7059-47-5(平裝)

862.6   95018287

LOCUS

LOCUS

LOCUS

LOCUS